古都鎌倉

短歌を携えて巡る鎌倉の神社・仏閣

平塚宗臣

角川書店

覚寺
鷲峰山
大平山
㉛明月院（アジサイ寺）
寺
⑳建長寺
⑬覚園寺
天台山
⑤頼朝の墓（法華堂跡）
⑩荏柄天神社
㉞鎌倉宮（大塔宮）
②⑥鶴岡八幡宮
④永福寺跡
㉙瑞泉寺（花の寺）
⑲浄光明寺
㉝英勝寺
㊱鎌倉国宝館
㉞護良親王の墓
寺
⑪浄妙寺
⑮宝戒寺（はぎ寺）
⑧杉本寺
①若宮大路
JR横須賀線
⑮東勝寺跡
③勝長寿院跡
⑭五大堂明王院
㉚報国寺（竹の寺）
㉔妙本寺
㉑妙法寺（こけ寺）
㉒安国論寺
⑰光明寺
金沢文庫・称名寺
㉕称名寺
㉕金沢文庫
金沢文庫駅
東口
京急線
16
薬王寺
八景島駅
海の公園柴口駅
シーサイドライン
海の公園南口駅

大船方面
大船駅
⑯常楽寺
湘南モノレール
富士見町駅
六国見山森林公園
湘南町屋駅
北鎌倉駅
北鎌倉駅
㉗
㉘東慶寺
㉖浄智
㉟葛原岡神社
㉜海蔵寺
（水の寺）
㉟銭洗弁財天
佐助稲荷
源氏山公園
⑫壽福
大仏切通
⑱高徳院（鎌倉大仏）
■㊲鎌倉文学館
⑦甘縄神明宮
由比ヶ浜駅
和田塚駅
⑨長谷寺
江ノ電
⑦御霊神社
（権五郎神社）
長谷駅
㉓極楽寺
極楽寺駅
由比ヶ浜海岸
滑川
材木座海
稲村ヶ崎駅
稲村ヶ崎

目次

資料編

装幀・図版作成　南一夫

古都鎌倉

短歌を携えて巡る鎌倉の神社・仏閣

平塚宗臣

若宮大路 1

鎌倉の亀谷（現在の壽福寺の寺域）には昔、頼朝の先祖源頼義の屋敷があった。頼義が岳父の平直方からいただいた土地である。爾来ここには源家伝来の館があった故に、頼朝が鎌倉に入部したのは当然であった。

頼朝は鎌倉に入ると、先ず頼義が京都の石清水から秘かに勧請し由比に祀った若宮八幡を大臣山の麓に遷宮。北条政子の安産（第一子頼家の出産）を祈願して１１８２（寿永１）年に若宮大路の参道を建造した。参道は由比ヶ浜の海へと伸びていた。

いにしへは戦場なりき由比ヶ浜秋晴れの海に白帆が浮かぶ

頼義の思ひを残しひつそりと路地裏に建つ「由比若宮」は

頼朝が安産祈願し造りたる若宮大路の南端に佇つ

この大路まつすぐ伸びて入り海と若宮つなぐ参道なりき

参道は海に連なり頼朝に海路伊豆への思ひありけむ

由比ヶ浜までありしと伝ふ段葛全長は約三百丈と

一の鳥居抜けて黒松並木ゆく段葛いまは取り壊されて

二の鳥居近くの「八倉」で釜揚げのしらす丼食む山葵醤油で

二の鳥居くぐれば真中に葛石積んで一段高き参道

九月尽桜並木は紅葉の段葛の古き土道を往く

鶴岡八幡宮　2

1180（治承4）年、源頼朝が由比郷にあった由比若宮を大臣山の麓の現在地に遷宮した。由比若宮は先祖の源頼義が1063（康平6）年に、勅許を受けず私的に京都の石清水八幡宮を鎌倉の由比郷に勧請した御宮。

1191（建久2）年、頼朝が若宮の上の地に改めて石清水八幡宮寺を勧請し創建。神仏習合で天台宗の寺を兼ねた。

三の鳥居入れば鶴岡八幡宮八の字に鳩が向き合ひてをり

東《ひんがし》に源氏池西に平家池蓮は白紅咲くのであらう

千年の隠れ銀杏はあはれにも風にあふられ倒れ伏したり

根のもとに青々と育つ蘖《ひこばえ》はまた千年のいのちつながむ

倒れたる親木は西に移植され「頑張れ大銀杏」大絵馬の立つ

頼朝により遷されたる若宮は下宮となりて祀られてをり

六十段のきざはし上れば八幡宮八百年を朱色に染めて

東国に勧請したる頼朝の思ひにひたる八幡宮寺

武士の世は七百年間続きたり大臣山に佇むわれは

大き輪を描きて鳶が滑翔す頼朝殿か鎌倉の街

勝長寿院跡 3

1185（文治1）年、頼朝が父義朝と一緒に亡くなった鎌田政清の二人を供養するため建立。俗称大御堂《おおみどう》。頼朝が建立した大寺で、鶴岡八幡宮寺、永福寺とともに三大寺の一つ。1540年頃には廃寺となった。

滑《なめり》川の流れは今も名の如く黒、白、緋色の鯉が口あぐ

大御堂橋《おほみだうばし》渡る辺りの谷戸にして勝長寿院はあつたのだらう

金木犀の香の漂へり路地の傍「勝長寿院旧蹟」の碑に

この辺りの地名は「大御堂《おほみだう》ガ谷《やつ》」壮大なりけむ勝長寿院は

頼朝は鎌田政清、父ともに弔はむとしてこの寺を建つ

義朝と政清の小さき五輪塔並び相寄る狭き木蔭に

実朝の首なき遺体と毛髪もこの地に埋めしと『吾妻鏡』に

今此処は静かな谷戸の住宅地訪ぬる人のわれのほかなく

茅葺きの「大佛《おさらぎ》茶廊」に寄り庭の酔芙蓉見つつ抹茶いただく

この地にて次郎は『源実朝』を書いたのだらう谷津眺めつつ

永福寺跡 4

１１９２（建久３）年、頼朝が永福寺《ようふくじ》を建立。頼朝は奥州藤原氏を征伐し鎌倉に凱旋した後、義経や戦没者の怨霊を鎮めるために平泉中尊寺の大御堂を模して、二階堂、薬師堂、阿弥陀堂、浄土庭園を造立した。１４０５（応永12）年、焼失。

瑞泉寺へ向かふ道辺にひつそりと立つ「永福寺《ようふくじ》旧蹟」の碑は

三方を小高き山に囲まれて二万五千坪永福寺跡

発掘が進み御堂の礎石、池　復元されつつ夏草の中

頼朝は奥州攻めで中尊寺大院に目を奪はれにけり

鎌倉に戻りこの地に造らしむ平泉を模し永福大寺

頼朝も浄土の世界を夢見しか二階大院、毛越寺模して

二階堂、脇に薬師堂、阿弥陀堂、浄土庭園　荘厳なりけむ

大蔵幕府の鬼門に建てし永福寺怨霊と死者の魂を鎮めむ

応永十二年伽藍永福寺炎上と『鎌倉大日記』は伝へたり

永福寺復元されていまあらば世界遺産になりたるものを

頼朝の墓・法華堂跡 [5]

現在の墓は1779（安永8）年、島津藩主島津重豪《しげひで》が再建したもの。昔、この辺りに頼朝が建立した持仏堂があり、亡くなるとここに葬られた。その後、法華堂と呼ばれるようになった。境内はかなりの広さで、頼朝が建立した四大寺にも数えられる。

明治維新の神仏分離で1872（明治5）年、法華堂は壊され階段下に頼朝を祀る白旗神社が建てられた。

清泉小学校の辺りは大蔵幕府跡　解説板あり生徒手書きの

大倉山の麓に白旗神社ありひつそりと立つ頼朝祀り

緑陰の石段ゆつくり上り見る法華堂跡の頼朝の墓

御所跡を南に見渡す中腹に五輪塔あり六尺程の

その昔島津重豪《しげひで》が建てたるか台座に彫られし⊕《まるじふ》の紋

系図には記されにけり島津の祖忠久が父は頼朝なりと

『吾妻鏡』に頼朝の死はふれられず一基あるのみ法華堂の跡

法華堂に三浦一族五百人余自刃しあはれ滅びたりけり

法華堂跡の隣りの山を四十段上がれば三浦泰村の墓

九十段さらに上ればば山腹に島津、大江、毛利の墓あり

鶴岡八幡宮献詠披講式　舞殿にて 6

1193（建久4）年、頼朝が八幡宮寺に舞殿を新造した。

装束の宮司、禰宜らが列をなし舞殿へ上がる献詠式は

ここぞここ静御前は舞ひしかや頼朝のまへ義経慕ひ

吉野山峰の白雪ふみわけて……静は吟じ舞ひしと伝ふ

吉野山峰の白雪ふみわけて入りにし人の跡ぞ恋しき……。

生まれたる義経の子は頼朝の命にてあはれ殺されにけり

朗々と宮司は歌を読み上げる聴きおはすべし実朝殿も

起立して目を瞑りつつ低頭すわが献詠の披講の間《あはひ》

尾崎左永子、香山静子、前川佐重郎、席にならびて春風渡る

わが歌が「宮司賞」なり調べよく鎌倉詠ふと佐重郎言ふ

〈倒れたる大銀杏の根より蘖《ひこばえ》がいのちを継いで青々といま〉
平成二十七年三月二十九日　宗臣

鳩みくじ引けば中吉大銀杏の蘖にまだ芽は出てゐない

頼朝殿、泰平の世よ千万の人波寄する鎌倉の街

甘縄神明宮・御霊神社 7

甘縄神明宮＝草創は710（和銅3）年、藤原鎌足の玄孫染屋時忠が伊勢神宮の別宮として建立。時忠の女婿・平直方の娘が相模守として下向して来た源頼義と結婚。当社に祈願して八幡太郎義家を生んだと伝う。鎌倉で最も古い神社。

御霊神社＝祭神は鎌倉権五郎景正。景正の子・景経が先祖の葛原親王（桓武天皇の子）と父景正の御霊を葛原ガ岡に合祀して御霊神社を創建したが、のちにこの地に移したという。

甘縄は鎌倉最古の神社とぞ日の神祀る長谷の鎮守社

万葉に詠まれし見越し嶽背《せな》にして鎮座まします神明宮は

草創は行基とありぬ建立は鎌足の玄孫染屋時忠

時忠の孫娘の夫源頼義《よりよし》は祈願し義家さづかりしとあり

境内の「北条時宗産湯の井」辺りに十薬群れ咲きてをり

御霊社が祀るは鎌倉景正ぞ鎌倉党の氏神なりき

苔生せる四百年の大たぶの神社はいつ頃移り来にしか

景正の命日九月十八日面掛行列の奇祭ありとふ

拝見料百円とある宝蔵庫福禄寿の面拝見したり

頼朝は時折両社に詣でしとぞ『吾妻鏡』にしかと載りをり

杉本寺 8

734（天平6）年、光明皇后と藤原北家初代の房前が開基。開山は行基菩薩。鎌倉最古の寺。天台宗。

1191（建久2）年、頼朝が再興。七尺の十一面観音立像を安置した。

「十一面杉本観音」と書かれたる幟連なる石段登る

きざはしの途中に茅葺き仁王門仁王が二体睨みをりたり

仁王門くぐれば現るる弁財天池に湧水の落ちる音する

百二十段上がり終へれば茅葺きの観音堂あり僧一人ゐて

光明皇后が開基し行基開山の鎌倉最古ぞ杉本寺は

堂内の正面に立つ十一面観音《くわんおん》は運慶作にて頼朝寄進す

蠟燭の灯《ともし》二本に照らさるる黒褐色の御姿拝む

薄闇の格子戸の奥に本尊の十一面観音三体《み》あるらし

境内の隅に苔むせる五輪塔百五十体の小さきが並ぶ

鈴の鳴る草履の形の御守りをリュックにつけて石段下る

長谷寺 9

寺伝によると、大和国の長谷の山林の楠の大木から彫造された二軀の十一面観音像の一軀が、海に流され相模の海に漂流していたものを、736（天平8）年に祀って鎌倉に海光山新長谷寺を創建。開基は藤原北家初代の房前。開山は徳道上人と伝わる。

木造の仏像ではわが国最大。重文指定。1264（文永1）年、鋳造の梵鐘（鎌倉三古鐘の一つ）には新長谷寺と刻まれている。

きみどりの蕾ふくらむ椨《たぶのき》は瘤もくもくと山門にあり

色きそふ辛夷、三椏、木瓜、山茱萸、やはき日を浴び長谷境内に

いしぶみに〈高山樗牛《ちよぎう》ここに住む〉ここに泉のありしを思ふ

うす暗き観音堂に仰ぎ見る十一面観音　金に光るを

古木なる楠より二体の十一面観音像を造りしと聞く

一体は大和の国の長谷寺に祀られしとぞ本尊として

一体は衆生済度の願ひ込め大和の海へ流ししと伝ふ

長井の浜に漂着のあと祀られし　伝承ありぬこのみ仏に

梵鐘に陽刻のあり「新長谷寺文永元年七月十五日」

新しき梵鐘《かね》に刻まれ幸綱の〈かねのひびきは〉海風にのり

かぜのとのとおきみらいをかがやきてうちわたるなりかねのひびきは
佐佐木幸綱

荏柄天神社 10

社伝によると、1104（長治1）年創建という古社。祭神は菅原道真。
頼朝が大倉御所の地を選定するにあたり、荏柄天神を東北の鬼門に当るようにしたと伝う。

天神の三大古社の一つなり九百年の大銀杏聳ゆ

「歌の橋」の名に足を止む参道の傍を流るる二階堂川
かたはらの碑にその昔渋河の兼守とふ武士造りしとあり
誅さるることを愁ひて兼守は和歌十首詠み奉献したりき

兼守の和歌を読みたる実朝は謀叛の疑念を払ひしと聞く

兼守は赦免に応へ報賽に橋を造りきと『吾妻鏡』に

神殿は鮮やかなる朱梅鉢の紋の扉は開かれて待つ

白梅の古代青軸、寒紅梅、揃ひ咲きをり神殿の前

天神を鬼門の守りに頼朝は鎌倉幕府を造りしと伝ふ

自然石に河童の絵図と「崑」の文字注連巻かれをり河童筆塚

浄妙寺 11

臨済宗鎌倉五山の第五座。寺伝によれば頼朝の御家人であった足利義兼（足利宗家二代目当主）が１１８８（文治４）年、極楽寺を創建。開山に退耕行勇を迎えたがまだ密教の道場だったので、義兼の子・義氏が禅寺に改め、さらに五代目の貞氏が鎌倉末期に浄妙寺と改めたとある。

墓地に伝足利貞氏墓という宝篋印塔があり、明徳３（１３９２）年の銘と地蔵の彫刻がある。足利氏の氏寺。

足利氏の氏寺なりし浄妙寺　寄棟造りに緑青の映ゆ

創建は足利義兼、開山は名僧退耕行勇と聞く

中興は尊氏の父貞氏ぞ賽銭箱に二つ引き紋

七堂と二十三院ありし寺五山の五位と義満定む

多宝如来の浮彫あるも珍しき宝篋印塔貞氏の墓

開山堂に行勇の像ありといふ南北朝の彫り物なりと

枯山水の庭眺めつつ練り切りと抹茶いただく喜泉庵にて

浄明寺の住宅街の路地に立つ「足利公方邸旧蹟」の碑

道のべに「一条恵観山荘」のありて茶庭の秋を巡りぬ

金森宗和の好みし茶屋は京都より移築されたり　せせらぎ聞こゆ

壽福寺 12

もとは平直方の領地であったが、女婿の源頼義を迎え義家が生れると屋敷を頼義に譲る。以来、源氏歴代の館のあった土地である。

1200（正治2）年、北条政子が栄西を開山として壽福寺を創建。臨済宗鎌倉五山の第三座である。

「蒙根《ムングン》」とふチベット仏画の店のぞきさみどり揺るる今小路ゆく

頼朝の菩提に政子が開基して栄西開山したる壽福寺

総門を入れば古木の杉並木石畳ゆく木漏れ日のなか

山門の内は結界柏槙《びやくしん》が四株聳ゆ仏殿の前

壽福寺はわが国最古の禅寺か杜にふたたび老鶯を聞く

重文の栄西『喫茶養生記』この仏殿にありと聞きたり

裏山の窟《やぐら》の中に五輪塔政子の墓あり白菊供へて

隣り合ふ窟の壁の唐草の模様色褪せ実朝の墓

「虚子」とのみ刻まれて立つ墓石が蛇の出さうな窟の中に

岨《そは》の下に「大佛次郎墓」のあり次郎を名乗りし野尻清彦

覚園寺 13

前身は1218（建保6）年、北条義時が建てた大倉薬師堂。義時は十二神将の一つ戌神《いぬがみ》に対する信仰心が強く、義時館の戌の方角に薬師堂を建てた。

1243（寛元1）年、全焼。のち再建。

1296（永仁4）年、北条貞時が三度目の元寇襲来撃攘祈願のため覚園寺《かくおんじ》として建立。開山は智海心慧。

この辺りの地名は薬師堂ガ谷《やつ》鳶がゆつたり輪を描いてをり

山峡を小川に沿へる小道ありわれは鷲峰山《じゅぶせん》覚園寺《かくをんじ》向く

そのむかし大倉薬師堂ありき北条義時の建てし御堂ぞ

戌神を信じたりける義時は戌《いぬ》の方位に薬師《やくし》如来祀りき

義時は実朝あやめられしとき戌神のお告げに救はれしと聞く

焼けしのち貞時建てたる覚園寺堂三字あり峡の奥処に

結界の入口に咲く小さき花淡紅色のうぐひすかぐら

唐様の薬師本堂は茅葺きの　犬槇聳ゆ八百年の

正面に薬師三尊側面に十二神将われを見てをり

天井へ届かむ薬師の坐像なり薬壺掌《て》に薄闇の中

五大堂明王院　14

1235（嘉禎1）年、四代将軍藤原頼経《よりつね》が祈願寺として建立。開山は前鶴岡八幡宮別当定豪《じょうごう》。真言宗。鎌倉幕府の鬼門の方角に当る。鎌倉幕府、鎌倉公方家からも尊崇された格式高い寺である。

山あひの滑川沿ひにひつそりと明王院あり草屋が相応ふ

鎌倉の鬼門かここは祈願寺五大明王祀りたりけり

創建は四代将軍頼経《よりつね》とぞ頼朝殿の妹の曾孫ぞ

開山は八幡宮の別当の定豪《じやうがう》と知る寺の縁起に

永福寺、勝長寿院と同格の寺院と知りたり明王院は

歴代の鎌倉公方もこの寺を篤く尊崇したりと伝ふ

銅銭をあまた熔かして鋳りたる梵鐘と聞く　一つ打ちたし

一願の水掛け不動に水を掛け心願成就を祈れり吾は

静寂の境内に咲く彼岸花　白き一重の酔芙蓉の花

空蟬が御堂の柱にすがりをり座を追はれたる頼経おもふ

東勝寺跡・宝戒寺 15

東勝寺は1237（嘉禎3）年、北条泰時が母の追善のため墳墓の傍に創建。開山は退耕行勇。1333（元弘3）年の鎌倉幕府滅亡の際、東勝寺にて北条高時を含め北条一族八七〇余人が自刃。

宝戒寺は1335（建武2）年に建立。開基は後醍醐天皇、開山は円観慧鎮。北条氏得宗家歴代の館跡に高時とその一党の亡魂の祟りを防ぐために建立。萩の寺として親しまれている。

滑川の東勝寺橋を渡り来ぬ無惨に荒れたる東勝寺址

北条泰時《やすとき》が建てし氏寺は草叢となり果て柵にふさがれてあり

東勝寺にて北条一門自刃せり八百七十余人と伝ふ

湿りたる朽ち葉を踏みて高時の腹切りやぐらの墓標に着きぬ

嶮崖のやぐらの大き口の中五輪塔あり卒塔婆あまた

北条氏の館の址ぞ宝戒寺梅の枯れ木の参道をゆく

怨霊を恐れ後醍醐天皇は再興せしとふ氏寺として

柏槙の古木が聳ゆ戦ひに死にし者らを慰めながら

この土地を清め護らむ本堂の灯明に浮かぶ地蔵本尊

九月なら白萩咲くを寺僧言ふそちこちに灯る石蕗の花

常楽寺 16

1237（嘉禎3）年、北条泰時が妻の亡母の菩提を弔うため建立。開山は退耕行勇。木曽義仲の遺児義高とこれに嫁した頼朝の娘大姫両人の菩提のため、政子が仏堂を建て阿弥陀三尊を安置したのが始まりとも。

1248（宝治2）年、時頼が梵鐘を造進（鎌倉で最古。現在鎌倉国宝館に寄託）。

茅葺きの山門にある額の文字金箔かすれ「粟船山」と

そのむかし此処の辺りは海浜で粟積む船が入津せしとぞ

参道に被りて咲ける桜花わが行くほかに人影のなく

仏殿は古び方形小造りの静寂に聞く水落つる音

常楽寺、開基は執権泰時ぞ妻の母堂の供養なりとふ

仏殿のうす闇に坐《いま》す阿弥陀仏吾は掌《て》を合はせ泰時偲ぶ

残骸となりて立ちをり大銀杏「開山禅師のお手植ゑ」とあり

石欠けて苔むす五輪に春の日の射しをり北条泰時の墓

刻字美《は》しき鎌倉最古とふ梵鐘は鎌倉国宝館《こくほうかん》に寄託されしと

北条政子の祀りしと伝ふ木曽義高の墓はたうとう見出せざりき

山門を出て裏山にあるとのことである

光明寺 17

1243（寛元1）年、北条経時《つねとき》が佐助ガ谷に建立した蓮華寺（浄土宗）が前身。開山に然阿上人良忠を迎えた。経時はのち、寺名を蓮華院光明寺と改めて現在地に移転したと伝わる。浄土宗の大本山である。

山門に「天照山」と掲げらるここは浄土宗大本山ぞ

大伽藍入母屋造りの本堂に阿弥陀本尊光を放つ

佐助ガ谷《やつ》に経時《つねとき》建てし蓮華寺がここ光明寺の旧《もと》寺と聞く

小堀遠州の枯山水の庭園に三尊五祖の石が並びぬ

大賀博士の咲かせし蓮が池の面に蜂の巣状となりて立ちをり

大聖閣に臨む蓮池庭園はあたかも極楽浄土思はす

予約しあらば浄土を眺め精進の「蓮月御膳」をいただけたのに

茜さす天照山を上りゆく開山良忠御廟たづねて

良忠の巨大な卵塔中央に四十数基の卵塔並ぶ

「蓮華寺殿安楽大居士」刻まれて苔むしゐしは経時の墓

高徳院・鎌倉大仏 18

高徳院の本尊阿弥陀如来座像は国宝。開基、開山、開創など不明だが、僧浄光が行脚、勧進（資金集め）して造った。執権北条泰時が後援したと伝わる。

1243（寛元1）年、木造の阿弥陀如来像が完成したが、その後金銅仏に鋳造するため完成までに約半世紀以上かかったらしい。浄光は途中で亡くなり、二代目、三代目の勧進役に引き継がれ完成した。

森田君に案内《あない》され高徳院へ住持の御母堂美智子氏に会ふ

学友・森田晃輔　鎌倉市芸術文化振興財団理事長

「素敵ですよ大仏さまは横顔も」庫裡の庭にて奥方は言ふ

大仏を建てむと六年行脚せり浄財求め僧浄光は

東国の利益《りやく》願ひし浄光に奈良と張り合ふ心はなきか

浄光の建てし木造の大仏は年月を経て金銅となる

大仏を覆ひし堂舎を大津波破壊と『鎌倉大日記』は伝ふ

幾万の宋銭溶かし造れるか夕日に映ゆる阿弥陀大仏

眼をふせて鼻すぢとほる福耳の大仏さまはやはり美男子

御仏の裏手は人影少なくて銀杏散るなり晶子の歌碑に

かまくらやみほとけなれど釈迦牟尼は美男におはす夏木立かな
与謝野晶子

夕暮れにつつまるる青き大仏を撮りたり写真家井本たかしは

井本たかし写真集『鎌倉』『光芒鎌倉』

浄光明寺 19

1251（建長3）年、北条時頼と長時による開基。開山は真聖国師真阿。もともとは浄土宗から時を経て真言宗へ。のち足利尊氏が下向の折当寺に滞在。鎌倉公方の帰依を受けその菩提所となった。

境内に水仙が咲き梅が咲くここは扇ガ谷浄光明寺

執権の時頼、長時の開基にてのちに鎌倉公方の寺ぞ

本尊の阿弥陀三尊鎮座する一米半、重文なりぬ

木造の仏がまとふ土紋とふ粘土の衣装珍しきかな

阿弥陀仏が説法印を結ぶとは蓮華座に座しわれに語らむ

裏山のやぐらに網引地蔵座す冷泉為相《ためすけ》が祀りたるらし

石段をさらに上れば山頂に冷泉流歌祖為相の墓

玉垣に囲まれ宝篋印塔は相輪欠けて苔むしてをり

英勝寺そばの道辺に人目なく造花の挿され阿仏尼の墓

阿仏尼の墓を見下ろし為相は母を見守る勝訴を告げて

「天下禅林」大きな額のかかげらる五山一位の門をくぐりぬ

建長寺 20

1253（建長5）年、落慶。開基は北条時頼。開山は蘭渓《らんけい》道隆《どうりゅう》。日本最初の禅宗専門道場。鎌倉五山の第一座。梵鐘は1255（建長7）年に完成、国宝である。

1414年、大火で全山が焼失。再建の事始めは1435（永享7）年。

茅葺きの鐘楼にかかる国宝の梵鐘《かね》に文字あり「建長禅寺」

元号を寺名にいただく建長寺　興国の願ひ強くありけむ

開基なるは時頼にして開山は蘭渓道隆《らんけいどうりゅう》 南宋の僧

直線上に荘厳なすがた並びをり　総門、三門、仏殿、法堂《はつたう》

総門に白字で大きく「巨福山《こふくさん》」巨の字に一点加へられあり

三門の高みに「建長興國禅寺」五山の顔ぞ　萩しだれ咲く

蘭渓の手植ゑと伝ふる柏槙の幹のめぐりは七米ぞ

本尊の地蔵菩薩は鎮魂の　合掌をして仏殿を出づ

地獄谷と呼ばれてゐたりその昔ここの寺域は処刑場の跡

妙法寺 21

寺伝によると1253（建長5）年、鎌倉に入った日蓮は松葉ガ谷《やつ》のこの地に小庵を建てた。日蓮宗最初の寺である。佐渡に配流のあと再び此処に戻り、のち別当職を弟子の日朗に譲った。

日蓮宗の最初の寺ぞ今ここの松葉ガ谷《やつ》の繁りのなかに

草庵を此処に結びて日蓮は説法せしか配流さるるまで

他宗をばはげしく批難せしゆゑに焼き討ちにあひたり草庵は

本堂へ額紫陽花の小道ゆく杜にほけきよの声聞きながら

大香炉に太き線香ひともとを立てて合掌こころで名告る

「妙法」は当寺中興日叡の法名なりと僧より聞けり

数へつつ苔むす石段のぼりゆくゆつくりゆつくり森林の中

二百段のぼりをへれば頂に小さき五輪塔一基がありぬ

いしぶみに「護良親王の墓」とあり思ひめぐらす幽閉の日々

日叡は護良親王の遺子なりや眼下に広がる鎌倉の街

安国論寺　22

寺伝によると1253（建長5）年、鎌倉に入った日蓮は此処に小庵を建て住んだ（妙法寺伝と同じ）。1257（正嘉1）年の鎌倉大地震に衝撃を受け、三年後の1260（文応1）年まで近くの巌窟に籠り『立正安国論』を書き上げたという。

妙法寺に通へるここは松葉ガ谷《やつ》「安国論寺」の山門を入る

紫陽花の咲く苔庭に日蓮を詠みたる子規の歌碑ひとつ建つ

鎌倉の松葉が谷の道の辺に法を説きたる日蓮大菩薩　　正岡子規

本堂の軒に「立正安国」の額あり日蓮開山と伝ふ

三年間こもり日蓮は書きたるか岩屋は小暗き御小庵の奥

書き上げし『立正安国論』もちて北条時頼に建白したりき

「実乗の一善に帰せよ三界は皆仏国なり」説きし日蓮

鎌倉は阿弥陀大仏の御座す世ぞ時頼建てたる建長寺の世ぞ

裏山へのぼれば見ゆる南面窟日蓮猿とともに逃れき

洞穴に日蓮と猿の石像あり猿は団子を七つ抱へて

札所にて和紙に包まるる蓮の実の〈白蓮子〉とふ甘なつとう買ふ

極楽寺 ㉓

1259（正元1）年、北条重時が開基。開山は忍性。忍性は社会事業に注力。境内を鎌倉幕府の療養所として活用し、医王如来と尊称された。真言律宗。

四両を連ねて走るグリーンの江ノ電似合ふ鎌倉の街

極楽寺とふ駅を出づれば傍らに茅葺き屋根の山門見ゆる

地獄谷と言はれし此所に極楽寺　開基は北条重時なりき

嫡男の長時は執権となり嫁ぎし子女は時宗を生む

方形の小さき本堂緑青の棟に三鱗の紋の光れり

開山は高僧忍性ここの地に貧病救ふ院をつくりし

古文書にありと記されし十二社、七堂伽藍、四十九院

本堂の前に千服茶臼ありて薬研石鉢に睡蓮の咲く

鎌倉に真言律宗珍しき「開帳は四月八日です」と僧

裏山の山腹にある重時と忍性の墓所を訪ふはかなはず

妙本寺 24

1260（文応1）年、比企大学三郎能本が開基。開山は日朗。日蓮宗。

鎌倉初期、この地は比企能員の館があり、北条政子の御産所として頼家が生まれた場所である。比企一族は此処で北条時政に殺されるが、能員の末子比企大学三郎能本は生き残り、出家。日蓮に帰依し、妙本寺を建立したという。

ここは比企氏ゆかりの寺ぞ妙本寺祇園山麓比企谷にあり

そのかみは比企能員の館跡政子が頼家の御産所なりき

能員を誘殺せしは時政ぞそして一族此処に滅びき

能員の末子の能本生きのびて日蓮に帰依し妙本寺建つ

鬱蒼たる参道ゆけば奥深く日蓮祀る祖師堂のあり

笹竜胆の紋をいただく祖師堂の甍は波打ち今に聳ゆる

かたはらの比企一族の苔むせる墓石を濡らす長月の雨

一族の魂の化身かひとむらの彼岸花咲く墓地のかたへに

左手《ゆんで》には『立正安国論』と数珠右手《めて》を差し出す日蓮の像

境内に古木の海棠　梅　桜　著莪の花咲く頃来てみたし

称名寺・金沢文庫 25

1269（文永6）年、金沢流北条実時が開基。開山は妙性房審海。実時が本願主で子の顕時が建立したという。梵鐘は当時出来ていたが顕時が改鋳。「称名ノ晩鐘」として金沢八景の一つ。

金沢文庫は実時が基礎を築いた文庫で、金沢流北条氏が歴代にわたり蒐集した多数の書物が納められている。

仁王門の先に広がる阿字ガ池そは称名寺浄土の園ぞ

阿字ガ池の反橋平橋わたりゆく菖蒲の青葉戦ぎてゐたり

金堂の戸の隙間よりうす闇の弥勒菩薩に賽銭奉ぐ

前身は北条実時の持仏堂開基したるは顕時なりき

金沢八景のかの「称名ノ晩鐘」ぞ小振りの梵鐘風に揺れをり

裏山に祀らるる北条実時の宝篋印塔相輪欠けて

顕時と執権貞顕の五輪塔でんと鎮座す杉木立の中

鎌倉時代の隧道遺構閉ざされてこの先にありき金沢文庫

北条一族の蒐集したる和漢の書ほか二万点文庫に納む

庫の中に復元したる弥勒像高き髻《もとどり》宋風と知る

浄智寺 26

1281（弘安4）年北条師時《もろとき》の開基。開山は兀庵普寧《ごったんふねい》。鎌倉五山の第四座の地位を与えられ、最盛期には七堂伽藍と塔頭十一寺院を備えていた。

山門に「寳所在近」と額のあり五山四位ぞ杉木立ゆく

磨り減りし石段の先に唐風の鐘楼門のありて見惚れる

阿弥陀、釈迦、弥勒の本尊三世仏法衣を垂らし曇華殿《どんげでん》に座す

師時《もろとき》と母が供養に建てし寺開山は宋僧兀庵普寧《ごったんふねい》

往時には塔頭十一ありと聞く高野槙仰ぐ七百年の

本尊もくづれあさましと沢庵は『鎌倉順礼記』に記したりけり

南北朝の作と伝ふる観音像面ざし優しくわれを迎へる

裏山のやぐらに笑まふ布袋尊詣でる人みなお腹を触る

陽をあびて開かむとするミツマタに三脚据ゑて構へる男

うす紅の小花咲くとふタチヒガン木下に安藤寛の歌碑が

結界に降る雨あしは光りつつ深き杉生のみどりにしつ舞　安藤寛

円覚寺 27

1282(弘安5)年の建立。開基は北条時宗。開山は無学祖元。蒙古合戦の戦死者の慰霊のために円覚寺を建立。鎌倉五山の第二座。

時宗の死後、1301(正安3)年に北条貞時が国家安泰を祈って洪鐘《おおがね》を寄進。東国最大。国宝。

扁額の「瑞鹿山」の白き文字五山第二の総門仰ぐ

元寇の死者弔ふと建てられし円覚寺なり我は来て知る

開山は宋ゆ時宗の招きたる名僧無学祖元と聞きぬ

無学祖元の説法聴かむと次々に洞より白鹿出て来しと言ふ

見上げたり二層建てなる山門の勅額「圓覺興聖禪寺」

仏殿のうす闇のなか見え来たり蓮座に宝冠釈迦如来像

釈迦の歯牙祀る国宝舎利殿はひつそりとあり境の奥処に

柿葺《こけら》に長刀反りの屋根の端ちまき柱は禅宗様とぞ

山上に仰ぐ国宝洪鐘《おほがね》よ大師の一撞き聞きたし除夜に

〈佛性は白き桔梗にこそあらめ〉漱石の句碑秋の日あびて

東慶寺 28

1285（弘安8）年、北条貞時が開基。開山は貞時の母覚山志道尼。夫の北条時宗が三十四歳で死ぬと、出家して円覚寺開山の無学祖元に師事。息子の貞時を開基として尼寺を創建。縁切寺として天皇から勅許された。

茅葺きの山門入ればそちこちに姫あぢさゐのむらさき匂ふ

覚山尼の頼みに応へ嫡男の貞時開きし駆け込み寺ぞ

苦しみを救はむとして覚山尼縁切り法を寺に定めき

〈覚山尼讃歌〉がわれを引きとめる本堂前の四賀光子歌碑

流らふる大悲の海によばふこゑ時をへだててなほたしかなり
四賀光子

鐘楼になで肩の梵鐘《かね》吊るされて貴人のごと山ぼふし咲く

宝形《ほうぎやう》の屋根美しき本堂に釈迦如来おはす御明かしうけて

踏み石をあがれば堂の御座敷に「水月」の額大拙とあり

鈴木大拙

水月を眺むる観音半跏像尼僧どなたの持仏なりけむ

後醍醐の皇女よ住持用堂尼五輪塔むすやぐらの墓所に

寄り合ひて眠る先哲幾多郎に哲郎　能成そして大拙

西田幾多郎、和辻哲郎、安倍能成、鈴木大拙

瑞泉寺 29

1327（嘉暦2）年、幕閣の重臣・二階堂貞藤が、夢窓疎石を迎えて開山。中興開基は鎌倉公方足利基氏。基氏は亡くなると、遺命により当寺に葬られた。以来、瑞泉寺は鎌倉公方家の塔所となった。

開山堂には夢窓疎石座像が祀られている。近くに鎌倉公方歴代の五輪塔群がある。本堂の背後には岩盤池の禅宗様庭園がある。

なだらかな石のきざはし上りゆく杉の木立に羊歯生ひ茂る

中興せしは初代の公方基氏ぞ開山は名僧夢窓疎石ぞ

禅宗様の本堂の奥灯明に照らされて坐す釈迦牟尼仏は

福寿草水仙の花の黄が灯るゆつくりめぐるここ瑞泉寺

白き苔生す老梅が並び立ち白き紅きが咲き初めにけり

錦屏山へ広がる岩池天女洞　夢窓のつくりし庭に見惚るる

春日さす岩盤池に土蛙しきりに啼きて飛び込むあまた

歴代の公方を祀る五輪塔そちこちさがす……非公開とは

方代の小さき歌碑が山門のかたはらにあり　侘助の咲く

手の平に豆腐をのせていそいそといつもの角を曲りて帰る
山崎方代

住持の伯父をしばしば訪ねゐしと聞く「松陰先生留跡の碑」

報国寺 30

寺伝によれば1334（建武1）年、尊氏の祖父・足利家時が開基、天岸慧広《てんがんえこう》が開山と伝わる。

境内に北条高時に殉じた幕府軍将士の墓五輪塔群があり、本堂背後の崖中やぐらには足利家時と足利義久の墓石塔がある。足利義久は父持氏が永享の乱に敗れ自刃すると、翌1439（永享11）年、当寺で自刃（十四歳）した。当寺は竹庭と石庭が有名で、俗に「竹の寺」と呼ばれる。

薬医門入れば楓の若葉染む本堂に拝す釈迦如来像

創建は尊氏の祖父家時とぞ開山は高僧天岸《てんがん》慧《ゑ》広《くわう》

二千本の孟宗竹の並び立つ中をゆつくり茶屋へと向かふ

さみどりの抹茶の泡の清すがし二つ引き紋の干菓子が二つ

木下利玄〈もののふ果てし岩穴の…〉歌碑に佇む竹林の中

あるき来てもののふ果てし岩穴のひやけきからにいにしへおもほゆ
利玄

鎌倉公方終焉の地ぞ報国寺義久ここに自刃すと知る

天崖のやぐらの中のうら寂し小さきが三つ足利の墓

本堂に康成の机あると聞く此にて書かれしかかの『山の音』

川端康成

もののふの墓塔百余基の中に立つ上杉禅秀供養の塔婆

禅秀は犬懸《いぬがけ》ガ谷《やつ》の上杉か十字路にある「……邸阯」の碑

明月院 31

1383（永徳3）年以前に建立。開基は関東管領山内流上杉憲方。開山は密室守厳。俗に「アジサイ寺」と呼ばれる。以前此処には北条時頼が建てた最明寺があったが廃寺となり、跡地に北条時宗が禅興寺を建てた。明月院はその中の一塔頭だったが、明治政府の神仏分離で禅興寺は廃寺となり、明月院だけが残った。北条時頼坐像、上杉憲方の墓（宝篋印塔）、それに六代将軍宗尊親王と共に下向して山内に住んだ上杉の祖、上杉重房の木造坐像がある（鎌倉国宝館に寄託）。

あぢさゐを染めて糸雨降りしきる傘傘傘よ明月院は

北条時頼の建てし最明寺故地なるぞ中興したるは上杉憲方

木下闇に寂ぶる宝篋印塔は最明寺殿時頼の墓

明月院のやぐらは大き中央に宝篋印塔憲方祀る

壁面に釈迦と多宝如来刻まれて側面に並む十六羅漢

開山堂の前に鎮座す花地蔵あぢさゐいつぱい皿にかかへて

本堂に時頼坐像　上杉祖重房坐像は寄託されしと

後庭園の池の主なる 蟇《ひきがへる》 鳴きてまた止む霧雨の中

明月谷に群れ咲く白と紫のそは花菖蒲雨に色増す

「月笑軒」 に甘酒一杯いただいて水琴窟に水の音聞く

海蔵寺 32

1394（応永1）年、扇谷流上杉氏二代目の上杉氏定が臨済宗の寺として再建。開山は心昭空外。境内には「底脱の井」「十六の井」などがあり、「水の寺」と呼ばれる。

「扇谷山」の額をかかげて山門は紅葉に包まれ我を迎へぬ

土間奥にお座す本尊は啼薬《なき》師土中啼きゐしを掘り出したると

公方《くばう》氏満の命うけ上杉氏定が再興したるこの海蔵寺

開山は名僧心昭空外ぞ那須の殺生石を砕きし

門前に清水たたふる井戸のあり「底脱《そこぬけ》の井」とふ我はのぞきぬ

水汲まむと持ち来し桶の底脱けて……武士の娘の伝説を知る

暗闇の大きやぐらに湧水をたたへて光る「十六の井」よ

『新編鎌倉志』は十井の一とそを伝ふ金子一峰も句をひねりしか

十六の井その名所やをほろ月　一峰

水戸黄門の編みたる『新編鎌倉志』初の観光ガイドブックぞ

道の辺に八角の岩船地蔵堂悲恋の大姫祀ると記す

木曽義高に嫁したと言われる頼朝の長女大姫

英勝寺 33

浄土宗。現在の鎌倉で唯一の尼寺。太田道灌（扇谷上杉定正の家臣）から四代目の康資の娘於勝《おかち》が家康の側室となり、家康の死後出家して英勝院となる。1636（寛永13）年、太田道灌館跡地を家光より拝領し英勝寺を創建。開基は尼於勝、開山は玉峯清因尼。代々の住持は水戸家から入ったので「水戸様の尼寺」と俗称された。1674（延宝2）年、徳川光圀が当寺に止宿し『鎌倉日記』を著し、それを元に『新編鎌倉志』が完成した。

総門に三葉葵の薬医門土塀が続く五線の入りの

門前に数百年経つ犬槙と「太田道灌邸旧蹟」の碑

英勝寺は鎌倉唯一の尼寺ぞ住持は代々水戸徳川家

創建は於勝《おかち》の方よ水戸藩の頼房の乳母　道灌の末

英勝院祀る祠堂《しだう》の美しく唐門の内わびすけが咲く

仏殿にかがやく阿弥陀三尊は徳川家光寄進と伝ふ

英勝寺に宿りて巡り光圀は『新編鎌倉志』編みたりしとぞ

数珠を手に眼を閉づる美しき聖観音に鈴《りん》ひとつ打つ

竹林の歩道にしばし佇みて気分にひたる七賢人の

山吹もそろそろ咲くか七重八重……かの歌うかべ境内めぐる

七重八重花は咲けども山吹の実の一つだになきぞかなしき

兼明親王、後拾遺和歌集

太田道灌の雨具借りの故事に登場する古歌

鎌倉宮・護良親王の墓 34

俗に大塔宮《おおとうのみや》という。1869(明治2)年、明治天皇が創建。祭神は大塔宮護良親王。社殿の背後に護良親王が幽閉されていた土牢と伝わる横穴がある。

後醍醐天皇は足利尊氏のざん言を信じ、護良親王を捕え鎌倉に配流。親王は足利直義に殺された。護良親王の墓は理智光寺跡の丘陵の上にあり、宝篋印塔が建っている。

緑青《ろくしやう》の棟に輝く菊の御紋　ここ鎌倉宮・大塔宮《おほたふのみや》

西郷隆盛の頼みに明治天皇は護良《もりよし》親王を祀りしと聞く
足利尊氏のざん言により親王は幽閉せられき父後醍醐に
注連を張る八畳ほどの横穴は幽閉されし土籠なのか

武家よりも父を恨みて生き来《きた》り無念なりけむ斬首せられき

刃の先を銜《くは》へたるまま御眼はなほ生きゐたりと太平記伝ふ

霧雨の鎌倉宮の神苑にひつそりと咲く山あぢさゐは

ひんがしへ谷戸をすすめば杉木立「理智光寺跡」のいしぶみのあり

狭く急な百七十段登りゆく護良親王の墓をめざして

閉ざしたる御廟は柵に囲まれてみ魂もひとり湿りてあらむ

葛原岡神社・銭洗弁財天 35

1887（明治20）年、明治天皇により創建。祭神は日野俊基。日野俊基は元弘の変の首謀者としてこの地で斬首された。境内の南部に日野俊基墓がある。

銭洗弁財天は正式には銭洗弁財天宇賀福神社。御神体の宇賀福神は人頭蛇身像。源頼朝が隠れたという岩窟があり、そこから流れ出る水は「銭洗い水」と呼ばれ、お金を洗うと二倍になって戻ると言い伝えられている。

頼朝の像が見下す源氏山源家代々ゆかりの地とぞ

日野俊基を祀る葛原岡神社建てられにけり明治となりて

元弘の変の首謀者俊基はここに斬首と『吾妻鏡』に

俊基の宝篋塔は苔むして「国指定史蹟」の石碑《いしぶみ》が立つ

平氏の祖葛原親王の御霊社を祀りし地なり　葛原ガ岡

誰がいつ移したりしか御霊社は長谷寺近き梶原にあり

洞窟を抜ければここは仙境ぞ宇賀福神祀る弁財天あり

夢枕に頼朝助けし老人は人頭蛇身の宇賀福神とぞ

奥宮の岩屋ゆ湧ける霊水の「銭洗ひ水」に集ふ人はも

銭を洗へば二倍になると伝へらる笊にてわれも五円玉洗ふ

鎌倉国宝館　36

１９２８（昭和３）年に開館。鎌倉市域の社寺に伝来する由緒ある国宝や重要文化財などの文化遺産（仏像、工芸、絵画、古文書など）を不時の災害から保護するため、寄託を受け保管し、見学できるように展示している。

うす闇の等身大の薬師如来　日光・月光　十二神将

鎌倉国宝館所蔵　平安〜江戸時代

来迎印を右手《めて》に結びて一隅に光明放つ阿弥陀如来は

浄妙寺所蔵　鎌倉時代

左手《ゆんで》に宝珠右手に錫杖もちて立ち衆生救はむ地蔵菩薩像

壽福寺所蔵　鎌倉時代

武士の世のよすがは阿弥陀　薬師様　地蔵菩薩ぞ仏像ならぶ

琵琶を持ち裸像に衣装着て坐る弁才天は日本人顔

鶴岡八幡宮所蔵　文永三年（１２６６）源氏池の旗上弁財天社

床上に置かれし細身の梵鐘に宝治二年と刻まれてあり

常楽寺所蔵　宝治二年（１２４８）

立烏帽子《たてえぼし》　狩衣　袴装束の玉眼が睨む北条時頼《ときより》坐像

建長寺所蔵　鎌倉時代

重房は上杉氏の祖立烏帽子温厚さうに目尻下がれる

明月院所蔵　鎌倉時代

この像が臨済宗の祖栄西か　円筒形の頭のかたち

壽福寺所蔵　鎌倉時代

北条時宗の寄進と伝ふ青磁大花瓶《けびやう》　元の時代の龍泉窯とぞ

建長寺所蔵　中国元時代

鎌倉文学館 37

本館と敷地は元加賀百万石前田藩の子孫前田侯爵の別邸。

１８９０（明治23）年頃　十五代当主利嗣が和風の館を建築。

１９３６（昭和11）年　十六代当主利為が洋館に改築。

１９８３（昭和58）年　十七代当主利建が鎌倉市に寄贈。

１９８５（昭和60）年　鎌倉ゆかりの文学者の文学資料を収集、保存、展示することを目的に文学館として開館。


もとは加賀前田侯爵の別邸ぞ湘南の海にヨットが浮かぶ

館内の鎌倉文士一〇〇人の居住地マップに佇むわれは

紋付き羽織袴姿で受賞する写真に改め康成おもふ

川端康成ノーベル文学賞授賞式

「美しい日本の私……」日本の美を説くノーベル授賞式にて

七十二歳自らを絶つは美意識か三島《みしま》由紀夫自決の二年後のこと

龍之介の「しるこ」と題する原稿の文字は小さくマスの中にあり

芥川龍之介

「長谷の家」大佛次郎の原稿の文字はマスから食み出してをり

「春こゝ耳生るゝ朝乃日を宇介亭……信綱九十二」絶筆の書か

春こゝ耳生るゝ朝乃日を宇介亭山河艸木皆ひ可里あ李　佐佐木信綱

文学館のガーデンにいま咲きほこる真紅の色のベルサイユのばら

学友の森田、村岡、原田氏とばら園に遊ぶ八十路秋晴れ

森田晃輔　公益財団法人鎌倉市芸術文化振興財団理事長
横浜銀行元専務取締役
村岡和夫　極東貿易（株）元常務取締役
原田正昭　（株）ＪＳＰ元社長・会長

資料編

鎌倉幕府　将軍・執権一覧（鎌倉時代１５０年）

将軍		
①源頼朝	１１９２（建久３）	
	１１９９（正治１）	53才没
②源頼家	１２０２（建仁２）	
	１２０３（建仁３）	幽閉、翌年23才伊豆で殺さる
③源実朝	１２０３（建仁３）	
	１２１９（承久１）	28才公暁に殺さる
④藤原頼経（九条）	１２２６（嘉禄２）	頼朝の妹の曽孫
⑤藤原頼嗣	１２４４（寛元２）	（九条）頼経の子
⑥宗尊親王	１２５２（建長４）	88代後嵯峨天皇の子

執権	
①北条時政	１２０３（建仁３）
②北条義時	１２０５（元久２）
③北条泰時	１２２４（元仁１）
④北条経時	１２４２（仁治３）
⑤北条時頼	１２４６（寛元４）
⑥北条長時	１２５６（康元１）

⑦惟康親王1266（文永3）宗尊親王の子
⑧久明親王1289（正応2）89代後深草天皇の子
（持明院統）
⑨守邦親王1308（延慶1）久明親王の子

1333（元弘3）鎌倉幕府滅亡

---

⑦北条政村1264（文永1）
⑧北条時宗1268（文永5）
⑨北条貞時1284（弘安7）
⑩北条師時1301（正安3）
⑪北条宗宣1311（応長1）
（大仏）
⑫北条熙時1312（正和1）
⑬北条基時1315（正和4）
⑭北条高時1316（正和5）
⑮北条貞顕1326（嘉暦1）
（金沢）
⑯北条守時1326（嘉暦1）
（赤橋）　1333（元弘3）

鎌倉府　鎌倉公方・関東管領一覧（南北朝から室町時代の120年）

鎌倉公方	関東管領（執事）
足利義詮1336（建武3）	斯波家長1336（建武3）
	上杉憲顕1338（暦応1）
	（山内）
	高師冬　1339（暦応2）
	上杉憲顕1340（暦応3）
	（山内）
	高重茂　1344（康永3）
①足利基氏1349（貞和5）	高師冬　1350（観応1）
	畠山国清1353（文和2）
	高師有　1362（貞治1）
	上杉憲顕1363（貞治2）
	（山内）
	上杉 某1364（貞治3）

②足利氏満1367（貞治6）

③足利満兼1398（応永5）

④足利持氏1409（応永16）

（山内）

上杉憲顕1366（貞治5）

（山内）

上杉能憲1368（応安1）

（山内）

上杉朝房1368（応安1）

（犬懸）

上杉憲春1377（永和3）

（山内）

上杉憲方1379（康暦1）

（山内）

上杉憲孝1392（明徳3）

（山内）

上杉朝宗1395（応永2）

（犬懸）

上杉憲定1405（応永12）

（山内）

上杉氏憲1411（応永18）

（犬懸）禅秀

〃　将軍義教と対立、永享の乱を起したが敗れて自刃
1439（永享11）

⑤足利成氏1447（文安4）
1454（享徳3）上杉憲忠を謀殺、上杉氏と争い古河に移り古河公方となる。鎌倉府解体

古河公方・堀越公方

①足利成氏1454（享徳3）
足利政知1457（長禄1）
（堀越公方）
②足利政氏1488（長享2）
足利茶々丸1491（延徳3）
（堀越公方）1498（明応7）北条早雲に滅ぼさる

上杉憲基1415（応永22）
（山内）
上杉憲実1419（応永26）
（山内）

上杉憲忠1447（文安4）
（山内）

関東管領（執事）

上杉房顕1455（康正1）
（山内）
上杉顕定1467（応仁1）
（山内）

③足利高基1505（永正2）

④足利晴氏1535（天文4）

⑤足利義氏1552（天文21）
1583（天正11）没。断絶するがのち豊臣秀吉の
配慮で喜連川氏として再興

上杉顕実1510（永正7）
（山内）
上杉憲房1510（永正7）
（山内）
上杉憲寛1525（太永5）
（山内）
上杉憲政1531（享禄4）
（山内）
上杉政虎1561（永禄4）
（山内）輝虎（謙信）15
78（天正6）病死

源氏系図

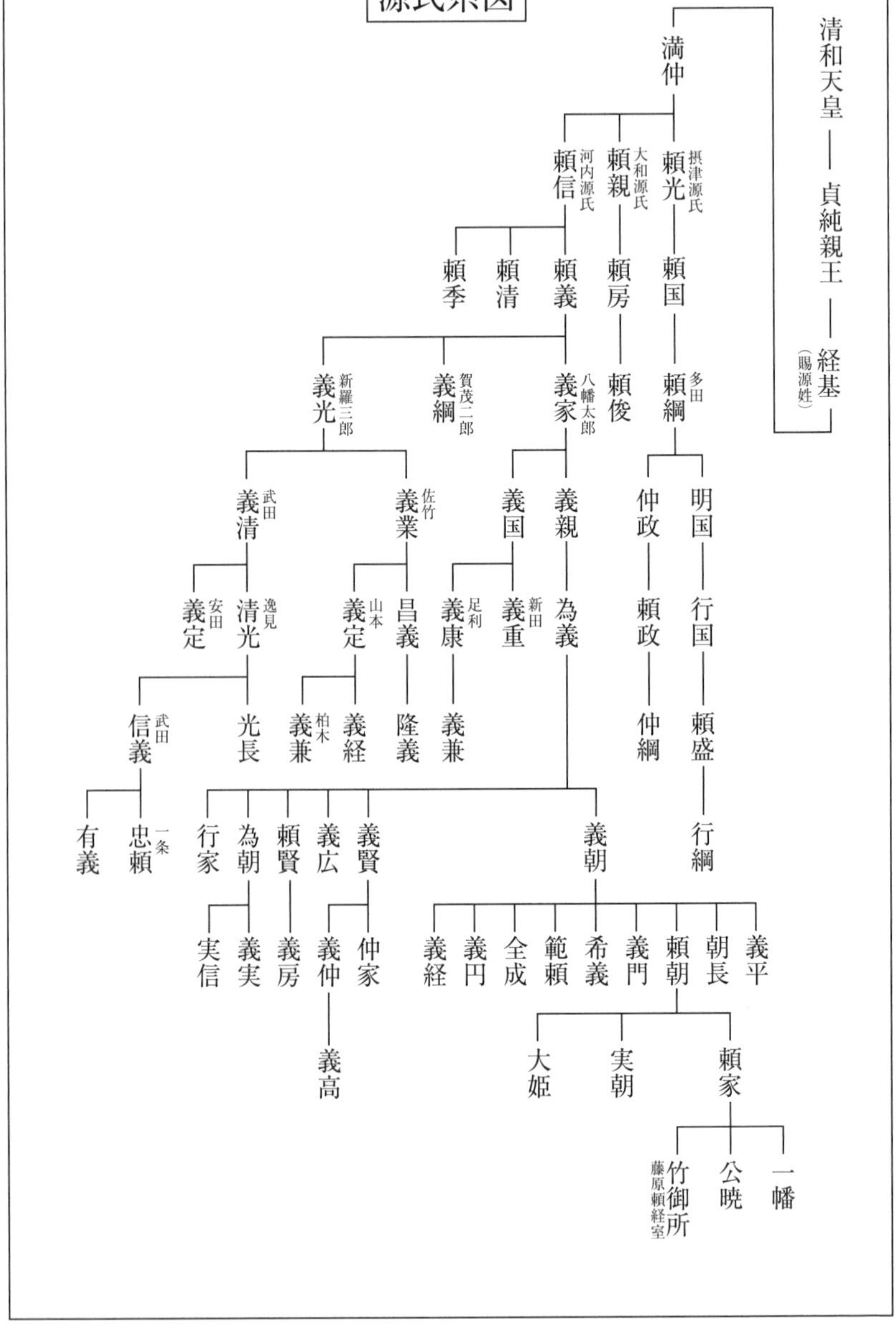

清和天皇
貞純親王
経基
（賜源姓）
満仲
摂津源氏
頼光
大和源氏
頼親
河内源氏
頼信
頼国
頼房
頼義
頼清
頼季
多田
頼綱
頼俊
八幡太郎
義家
賀茂二郎
義綱
新羅三郎
義光
明国
仲政
義親
義国
佐竹
義業
武田
義清
行国
頼政
為義
新田
義重
足利
義康
昌義
山本
義定
逸見
清光
安田
義定
頼盛
仲綱
義兼
隆義
義経
柏木
義兼
光長
武田
信義
行綱
義朝
義賢
義広
頼賢
為朝
行家
一条
忠頼
有義
義平
朝長
頼朝
義門
希義
範頼
全成
義円
義経
仲家
義仲
義房
義実
実信
義高
頼家
実朝
大姫
一幡
公暁
竹御所
藤原頼経室

北条氏系図

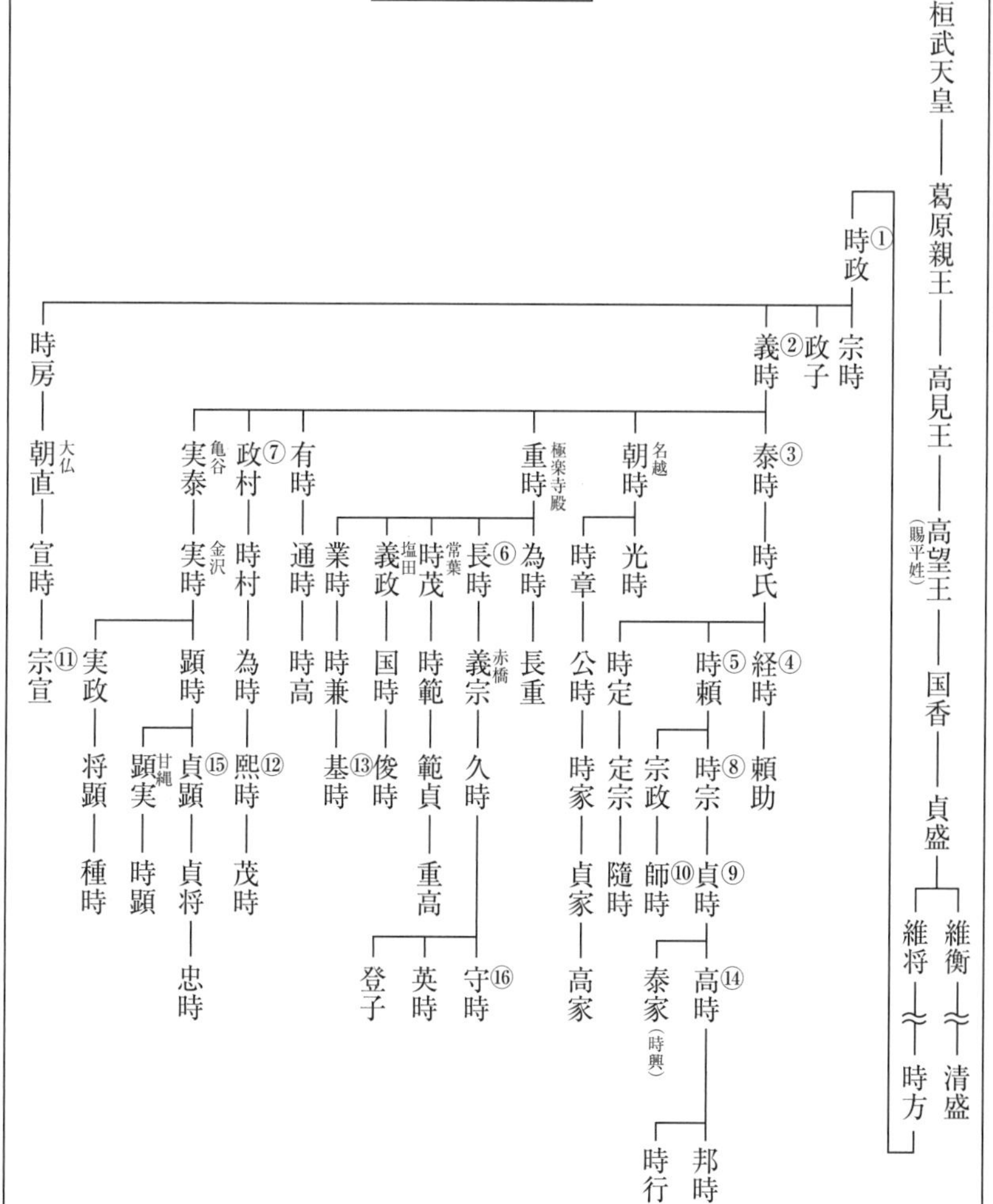

数字は北条執権家の代数

足利氏系図

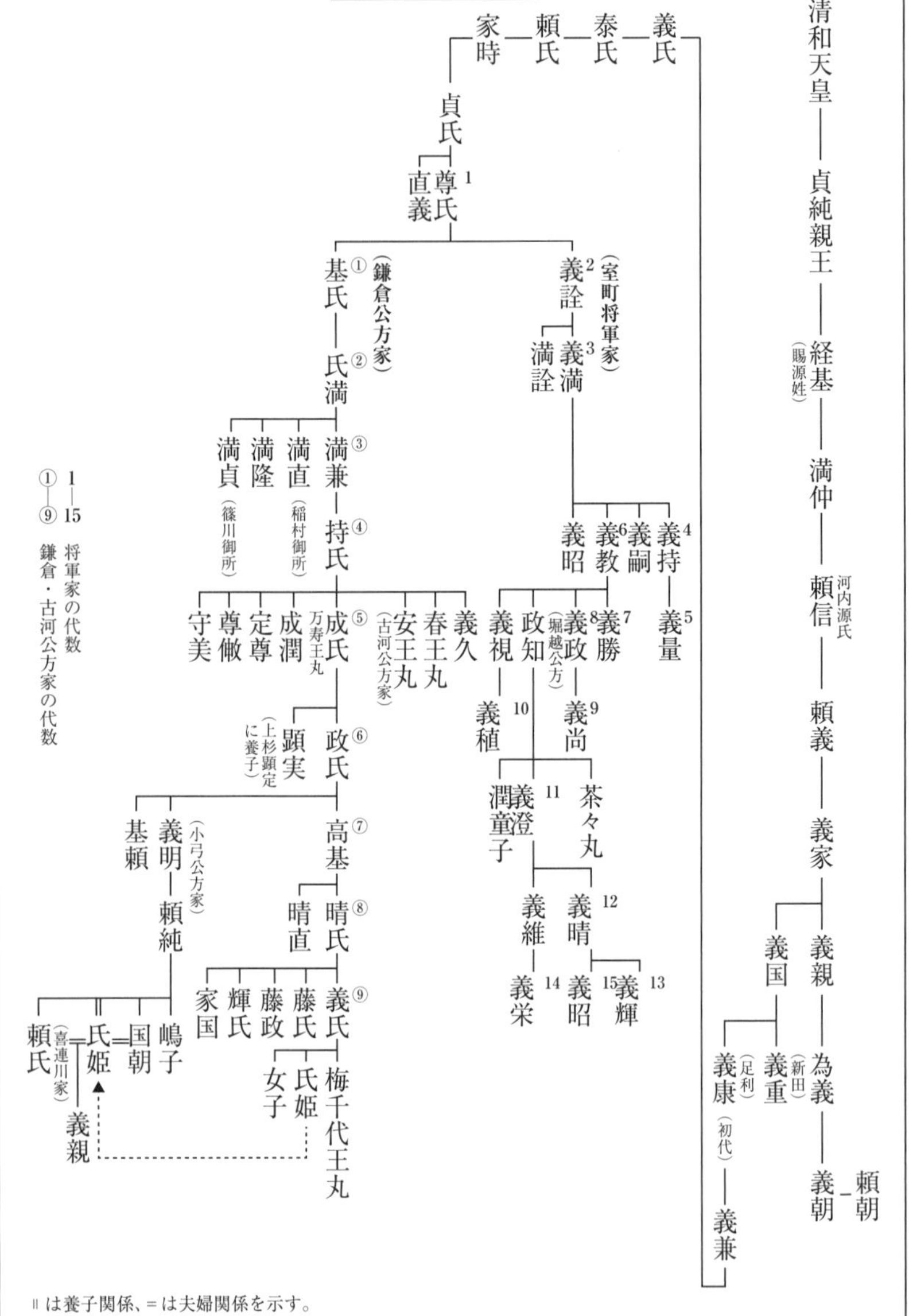

‖は養子関係、＝は夫婦関係を示す。

上杉氏系図

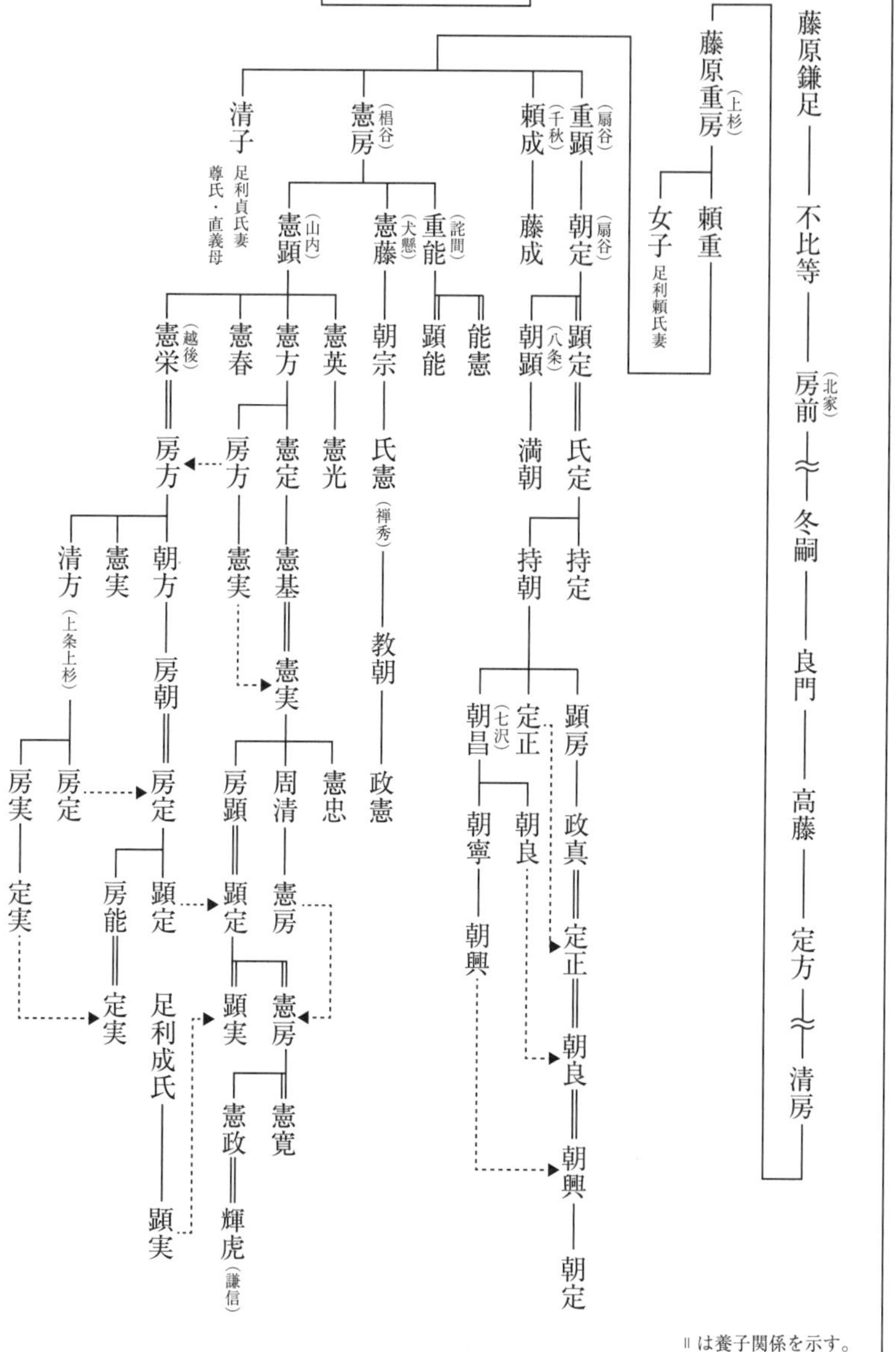

‖は養子関係を示す。

鎌倉幕府・鎌倉府略年表

年		事柄
1180（治承4）	8	頼朝、以仁王の令旨を受け伊豆に挙兵。石橋山の戦いで敗北。海路、安房国へ逃亡。
	10	頼朝、坂東平氏の北条、三浦、千葉、江戸、葛西、河越、畠山氏らを伴い鎌倉へ入部。
1181（養和1）	8	由比若宮を大臣山の麓に遷宮。（頼朝）
1182（寿永1）	3	若宮から由比ヶ浦まで参道若宮大路（段葛）を建造。（頼朝）
1183（寿永2）	11	頼朝、木曽義仲追討のため範頼と義経を京に派遣。
1184（元暦1）	1	範頼、義経軍、勢多宇治路で義仲を敗る。義仲敗死。
	1	後白河上皇、頼朝に平家追討の宣旨を下す。
1185（文治1）	1	平氏追討のため義経ら西国へ向う。
	3	義経ら壇ノ浦で平家軍を破る。安徳天皇入水。平家滅亡。
	5	頼朝、義経の鎌倉入りを許さず。
	10	勝長寿院落成。
1187（文治3）	2	義経、陸奥国の藤原秀衡のもとへ逃れる。藤原秀衡没。

1188（文治4）	4	頼朝、持仏堂（法華堂）を建立。
1189（文治5）	4	藤原泰衡、衣川館の義経を襲撃。義経自害。
	7	頼朝、藤原泰衡追討のため鎌倉を出発。
	9	藤原泰衡、郎従に討たれ死亡。
	10	頼朝、鎌倉に帰着。
	12	頼朝、義経、泰衡らの冥福を祈るため鎌倉で永福寺の建立に着手。
1190（建久1）	11	頼朝上洛、法皇、天皇に拝謁。
1191（建久2）	3	若宮、大火で炎上。
	7	僧栄西、南宋より帰国、臨済宗を伝える。
	11	頼朝、正式に石清水八幡宮を勧請し、鶴岡八幡宮寺を創建。若宮を再建。
1192（建久3）	7	頼朝、征夷大将軍に任ぜらる。
	11	永福寺落慶。
1193（建久4）	8	頼朝、弟の範頼を伊豆へ流す。
1195（建久6）	3	頼朝、政子と上洛、東大寺再建供養会に天皇らと臨席。
1198（建久9）	12	頼朝、相模川の橋の造営供養に臨んだ帰路で落馬。
1199（正治1）	1	頼朝没。（明月記）頼家が跡を継ぐ。

1200（正治2）	1	幕府、梶原景時を追放、駿河国で討つ。
	2	北条政子が栄西を開山として寿福寺を建立。
	5	頼家、念仏を禁ず。
1202（建仁2）	7	頼家、征夷大将軍に補任。
		頼家、京都に栄西を開山として建仁寺を創建。
1203（建仁3）	9	北条時政、比企能員を謀殺。比企一族と頼家の子一幡を滅す。（比企氏の乱）
	9	頼家を伊豆修禅寺に幽閉。実朝を大将軍に補任。
1204（元久1）	7	頼家、修禅寺で殺さる。
1205（元久2）	6	時政、畠山重忠を討つ。
	7	時政、女婿平賀朝雅の将軍擁立を画策失敗、伊豆に隠遁。
	7	北条義時、執権となる。
		幕府、京都守護の平賀朝雅を討つ。
1213（建保1）	5	和田義盛が挙兵、幕府を襲撃、敗死。（和田合戦）
1214（建保2）	2	栄西、病の実朝に茶をすすめ『喫茶養生記』を献ず。
1215（建保3）	1	北条時政没。
	7	栄西没。
1218（建保6）	12	北条義時、大倉薬師堂を建立。

1219（承久1）	1	実朝、公暁に殺さる。三浦義村、公暁を討つ。
1221（承久3）	5	後鳥羽上皇、北条義時追討の宣旨を下す。（承久の乱）
	6	幕府、泰時を将として幕府軍を京へ派遣。官軍を滅す。
	7	後鳥羽上皇を隠岐国へ流す。
1223（貞応2）		北条政子、頼朝の供養のため高野山に金剛三昧院を建立。
1224（元仁1）	6	北条義時没。北条泰時執権となる。
1225（嘉禄1）	7	北条政子没。
1226（嘉禄2）	1	藤原頼経、征夷大将軍に補任。
1235（嘉禎1）	6	藤原頼経が明王院を建立。
1237（嘉禎3）		北条泰時が東勝寺を建立。
	12	北条泰時が常楽寺を建立。
1239（延応1）	2	後鳥羽上皇、隠岐国で没。
	12	三浦義村没。
1242（仁治3）	6	北条泰時没。経時、執権に就任。
1243（寛元1）	5	経時、佐介谷に蓮華寺（のち光明寺）創建。
	6	僧浄光、木造の鎌倉大仏を完成。のち約半世紀かかり金銅仏が鋳造される。

1244（寛元2）	4	藤原頼嗣、将軍となり下る。
1246（寛元4）	3	経時、病により執権を弟時頼に譲る。
1247（宝治1）	6	北条時頼、三浦泰村、光村らを滅す。（宝治合戦）
1251（建長3）		北条時頼と北条長時が浄光明寺を建立。
1252（建長4）	4	宗尊親王を将軍に迎える。
1253（建長5）	11	時頼が建長寺落慶。
		日蓮が妙法寺を創建。
		日蓮が安国論寺を創建。
1256（康元1）	11	時頼、執権を長時に譲り出家。
1259（正元1）		北条重時が極楽寺を建立。
1260（文応1）	7	日蓮、『立正安国論』を時頼に献上。
		比企大学三郎能本、妙本寺を建立。
1261（弘長1）	5	幕府、日蓮を伊豆伊東に配流。
1263（弘長3）	2	幕府、日蓮を赦免。
1266（文永3）	7	将軍に宗尊親王を廃し惟康親王を補任。

1268（文永5）	3　執権に北条時宗就任。
1269（文永6）	金沢流北条実時が称名寺を建立。
1271（文永8）	9　日蓮、佐渡へ配流。
1274（文永11）	2　日蓮赦免、鎌倉へ帰る。 5　日蓮、身延へ向い久遠寺を建立。 10　元寇襲来、大風で撤退。（文永の役）
1277（建治3）	10　阿仏尼、訴証のため鎌倉に下向。『十六夜日記』を記す。
1281（弘安4）	北条師時が浄智寺を建立。 5　元寇、対馬、壱岐に侵攻。 7　台風により壊滅。（弘安の役）
1282（弘安5）	12　北条時宗、円覚寺を創建。
1283（弘安6）	4　阿仏尼没。
1284（弘安7）	4　時宗没。北条貞時、執権に就任。
1285（弘安8）	北条貞時を開基として母の覚山志道尼が東慶寺（尼寺）を創建。
1289（正応2）	10　惟康親王を帰京させ将軍に久明親王を宣下。

1293（永仁1）	4	貞時、内管領平頼綱らを滅す。（平頼綱の乱）
1296（永仁4）		北条義時が建立した大倉薬師堂を、貞時が覚園寺として建立する。
1301（正安3）	8	貞時出家。執権に北条師時就任。
1308（延慶1）	8	久明親王帰京。将軍に守邦親王就任。
1311（応長1）	10	貞時没。
1316（正和5）	7	北条高時執権に就任。
1323（元亨3）	11	後醍醐天皇、日野資朝を鎌倉に派遣。
1325（正中2）	8	幕府、日野資朝を佐渡に配流。
1326（嘉暦1）	3	高時出家。金沢貞顕（北条氏）執権となる。
	4	金沢貞顕出家。執権を辞す。赤橋守時（北条氏）執権となる。
1327（嘉暦2）	8	幕閣の重臣、二階堂貞藤が夢窓疎石を迎えて瑞泉寺を創建。
1331（元弘1）	5	討幕をはかった日野俊基を捕える。（元弘の乱）
1332（元弘2）	3	幕府、後醍醐天皇を隠岐に、尊良親王を土佐に、宗良親王を讃岐に配流。
	6	幕府、日野資朝を佐渡にて殺害、日野俊基を鎌倉葛原岡で斬首。

1333（元弘3）
2 後醍醐天皇、隠岐を脱出。伯耆国の名和長年に迎えらる。
5 足利高氏、京都六波羅を攻撃し落す。新田義貞、鎌倉を攻略。北条高時ら北条一族870余人、東勝寺にて自刃。鎌倉幕府滅亡。
6 後醍醐天皇帰京。護良親王を征夷大将軍とする。
8 足利高氏、尊氏に改名。
12 足利直義（尊氏の弟）任地鎌倉に赴く。

1334（建武1）
足利家時（尊氏の祖父）が報国寺を創建と伝わる。開山は天岸慧広。
11 後醍醐天皇、護良親王を鎌倉に配流。

1335（建武2）
3 後醍醐天皇、尊氏に命じ北条高時の旧居跡に宝戒寺を建立、冥福を祈る。
7 北条高時の子時行、信濃で挙兵。鎌倉を攻め足利直義を破る（中先代の乱）。直義、護良親王を殺し鎌倉を脱出。
8 尊氏、後醍醐天皇の命により鎌倉に入り時行軍を破る。
10 尊氏、帰洛の命に従わず鎌倉に留まる。
11 尊良親王、新田義貞ら、尊氏と直義追討のため京を出発。伊豆、箱根で足利軍に敗れ西走。

1336（建武3）
1 尊氏入京、新田義貞らと戦うが敗れ丹波へ走る。
2 尊氏、楠木正成らと戦うが苦戦し海路鎮西に走る。
4 尊氏、体制を立て直し博多より東上。
5 尊氏、兵庫湊川で新田義貞、楠木正成を破る。楠木正成、正季自刃。
6 尊氏、光厳上皇を奏じて入京。新田義貞ら大挙して京都を攻撃。

1336（建武3）
10 新田義貞、恒良親王、尊良親王を奏じて越前へ赴く。
11 尊氏、「建武式目」を制定。室町幕府成立。
12 後醍醐天皇、神器を奏じて吉野に潜幸。（南北朝分裂）

1337（建武4）
3 足利軍が新田義貞らを金ヶ崎城に攻める。金ヶ崎城陥落。恒良親王は捕えられ、尊良親王と新田義顕は自害。義貞は敗走。

1338（暦応1）
7 新田義貞、斯波高経と越前藤島で戦い敗死。
8 北朝、足利尊氏を征夷大将軍とする。

1339（暦応2）
8 後醍醐天皇、義良親王に譲位、後村上天皇となる。（南朝）後醍醐天皇没。

1349（貞和5）
6 足利直義が尊氏の執事高師直と争い尊氏と不和。尊氏、直義の政務を停止。
9 尊氏、次子基氏を鎌倉に下す。（鎌倉公方）

1350（観応1）
11 光厳上皇、尊氏の申請をうけ直義追討の院宣を下す。

1352（文和1）
1 尊氏、直義を殺害。鎌倉に入る。
2 宗良親王、尊氏に代り征夷大将軍に補任される。
新田義興、義宗ら、宗良親王を奏じて鎌倉に入り尊氏を攻める。
尊氏、武蔵国小手指ヶ原他で宗良親王、義宗らを破り鎌倉を回復。（武蔵野合戦）

1353（文和2）
7 尊氏、畠山国清を関東執事に任名。
9 尊氏と義詮が、後光厳天皇を奏じて入京。

1355（文和4）	2	南北朝両軍、京都で合戦。
	3	南軍、八幡に退く。
1358（延文3）	4	尊氏没。
1362（貞治1）	9	鎌倉公方基氏、畠山国清を投降させる。
1363（貞治2）	3	関東管領に上杉憲顕就任。
1367（貞治6）	4	足利基氏没。
	5	足利義詮、鎌倉公方に足利氏満を派遣。
	12	足利義詮没。
1368（応安1）	3	武蔵国河越で平一揆が蜂起。
	6	足利氏満、上杉憲顕ら平一揆を破る。
	9	上杉憲顕没。
1369（応安2）	9	鎌倉大仏殿が倒壊。大風により飢饉となる。
1373（応安6）	10	足利義満（幕府）鎌倉五山を定める。
1374（応安7）	11	円覚寺炎上。
1378（永和4）	11	円覚寺落慶。

1383（永徳3）		関東管領上杉憲方が明月院を開基。
1392（明徳3）	10	南北両朝が和議。後亀山天皇入京、後小松天皇に神器を渡す。（南北朝合体）
1394（応永1）		上杉氏定が海蔵寺を再建。
	12	足利義満、将軍職を義持に譲り太政大臣となる。
1395（応永2）	6	義満、太政大臣を辞し出家。
1396（応永3）	4	足利氏満（鎌倉公方）、義満の求めに応じ円覚寺の仏舎利を送る。
1398（応永5）	11	足利氏満没。
	12	鎌倉公方に足利満兼が就任。
1408（応永15）	5	足利義満没。
1409（応永16）	7	足利満兼没。鎌倉公方を足利持氏が継ぐ。
1411（応永18）	2	上杉氏憲、関東管領に就任。
1414（応永21）	12	建長寺焼失。
1415（応永22）	5	上杉氏憲は鎌倉公方、持氏と不和となり、関東管領を辞す。
1416（応永23）	10	上杉氏憲ら持氏を襲撃。持氏は駿河に逃れる。（上杉禅秀の乱）

1417（応永24）	1	上杉氏憲敗れ自害。
	3	関東管領上杉憲基、禅秀の乱の戦没者を追善のため円覚寺に所領を寄進。
1418（応永25）	1	上杉憲基没。
1419（応永26）		上杉憲実、関東管領に就任。
1421（応永28）	11	円覚寺火災。
1427（応永34）	9	鎌倉大風雨洪水、鎌倉府火事。
1428（正長1）	1	足利義持没。幕府管領ら将軍後継に天台宗座主青蓮院義円（足利義教）擁立。
1429（永享1）	3	足利義教、将軍宣下を受ける。
1438（永享10）	8	鎌倉公方足利持氏が将軍義教と対立し挙兵、永享の乱を起したが関東管領上杉憲実と幕府軍に攻められ敗れる。
1439（永享11）	2	足利持氏、鎌倉永安寺にて自殺。持氏の子息義久も報国寺で自害。
1441（嘉吉1）	6	足利義教、赤松満祐に誘殺される。（嘉吉の乱）
1447（文安4）	3	幕府、上杉憲実に鎌倉公方の選定と補佐を命ず。
	7	関東管領に上杉憲忠就任。
	7	鎌倉公方に持氏の遺児万寿王丸（成氏）を認める。

1454（享徳3）	12　足利成氏、上杉憲忠を謀殺。享徳の乱が始まる。 足利成氏、下総古河に移座。古河公方となる。 以降、文明10年（1478）頃まで成氏は享徳年号を使用。
1455（康正1）	3　幕府、成氏追討のため上杉房顕を関東管領に派遣。
1456（康正2）	9　成氏、上杉房顕と武蔵国岡部原で戦う。
1457（長禄1）	4　太田道灌（扇谷上杉定正の家臣）、江戸城を築く。 12　将軍足利義政は弟の政知を還俗させ鎌倉公方として派遣。しかし抵抗にあって鎌倉に入れず伊豆堀越に止まり、堀越公方となる。鎌倉府は公方が不在となり崩壊する。

参考文献

『吾妻鏡』（現代語訳 全十六巻） 五味文彦・本郷和人編　吉川弘文館
『吾妻鏡必携』 関幸彦・野口実編　吉川弘文館
『吾妻鏡の謎』 奥富敬之著　吉川弘文館
『日本史総合年表』（第三版） 加藤友康・瀬野精一郎・鳥海靖・丸山雍成編　吉川弘文館
『鎌倉史跡事典』 奥富敬之著　新人物往来社
『「鎌倉」の時代』 福田豊彦・関幸彦編　山川出版社
『鎌倉殿誕生』 関幸彦著　山川出版社
『河内源氏』 元木泰雄著　中央公論新社
『中世武士団』 石井進著　講談社
『武蔵武士団』 関幸彦編　吉川弘文館
『相模武士団』 関幸彦編　吉川弘文館
『相模のもののふたち』 永井路子著　有隣堂
『享徳の乱』 峰岸純夫著　講談社
『日本中世合戦史の研究』 新井孝重著　東京堂出版
『鎌倉謎解き散歩』 奥富敬之・大野泰邦編著　中経出版
『角川新版日本史辞典』 朝尾直弘・宇野俊一・田中琢編　KADOKAWA

跋

『古都鎌倉』〜時空を超えた懸想

関　幸彦

古都鎌倉に想いを懸けた歌集が上梓された。本書にはそんな気分が溢れている。折々、所々の古都の記憶が詠歌に託されている。鎌倉の名所・旧跡を訪ね、歴史への想いを歌を介して、点描したものだ。本書には武家の古都鎌倉の想いが凝縮されている。

著者の平塚宗臣氏の家系は幕末以来、医家に属する。数代にわたり所沢の名家に生を受けたという。氏はバンカー（銀行員）としての現役を引退後、現在は先祖の旧家を改築、「所沢郷土美術館」を営んでいる。所沢地域の埋蔵文化財や芸術的品々を展示し、自身が館長を務めている。

所沢は鎌倉街道往還の地で、東国武士たちの息遣いが感じられる場だ。中世が自己主張をなしたそんな土地柄でもある。氏の歴史への鋭い視線は、あるいはそうした風土に身を置き、育ったことが関係するのかもしれない。

『古都鎌倉』に詠ぜられた歌々には、氏の生い立ちと無縁ではない感性が融け込んでいるようだ。鎌倉を「いとおしみ」、「いつくしみ」する心根である。その点では〝懸想〟の語感も似つかわしい。

京都が貴族の古都であったと同様に、鎌倉は武家の古都たる資格を有した。東国人たる平塚氏は、中世の時代に光芒を放った鎌倉を幾度となく訪れ、そこで眺めた想いを、文字面《づら》に切り取り、スケッチ風に認《したた》めた。

鎌倉には、歴史に沁み込んだ闘諍と鎮魂の記憶が、明滅する。鎌倉の史跡の数々にも、そうした過去が刻まれている。

「跋文」を記すにあたり、著者平塚宗臣が訪れた寺社や旧跡を改めて地図でなぞってみた。主要な史跡群がほぼ網羅されているようだ。源氏関係の史跡をはじめ、北条氏の旧跡等々が、造意なく並べられており、徒然《つれづれ》的気分での自然体が醸されている。

自身の「あとがき」でもふれているように、本書は都合六年間におよぶ足跡らしい。四季折々、優等生風の韻を踏んだ歌もあれば、それとは別に自由な飛翔を試みた詠歌も少なくない。過去から現代にいたるまでの鎌倉が語られている。そうした多様性と自由性が本書の持ち味なのだろう。

鎌倉を訪ねた回数について、氏は特別ふれてはいないが、一年間に数回と算じても、相当数にわたるはずだ。そのうちの二、三回は当方もご一緒し、道案内をしたことを覚えている。講座仲間たち数人でのグループ行動だったこともあり、氏にとって各旧跡に想いを寄せる時間がいかほどあったかは、定かではない。けれども訪れた史跡に様々な質問を投ぜられたことは覚えている。

諸種のご縁があって、拙文を寄せることになったものの、迂闊にも氏が以前に歌集を上梓されたことを、知らなかった。私自身は謡曲を若干嗜《たしな》むものの、作詠は門外漢で残念ながら、本書に載せられている歌々を判ずる能力はない。そうはいっても、詠歌の対象となった歴史上の人物たちの歌や背景については、多少は知っている。そして、鎌倉が宿した歴史上の著名人とは別に、平塚氏はご自身の関心と重なる鎌倉の文人たちにも想いを馳せている。本書には三島由紀夫・芥川龍之介・大佛次郎といった面々と関連した数首も散見される。氏の興味の幅の広さがうかがえる。

本書の歌々には、敗れし者への共感や悲哀といった「負の記憶」も伝わる。背後には往事の歴史的事件への掘り込みがあるはずだ。『吾妻鏡』を座右に据えた歴史への組みつき方が滲《にじ》んでいる。

歴訪した史跡の来歴をコンパクトに記した冒頭の解説は、簡にして要を得たもので、一般書にありがちな饒舌さからは距《へだた》りがある。いま一つ注目したいのは、抒情的要素とともに、少なからずの歌々が叙景を全面に押し出していることだ。

例えば、極楽寺《ごくらくじ》で詠じた「極楽寺とふ駅を出づれば傍らに茅葺き屋根の山門見ゆる」。あるいは「方形の小さき本堂緑青の棟に三鱗《みつうろこ》の紋の光れり」。

北鎌倉の浄智寺《じょうちじ》では「磨り減りし石段の先に唐風の鐘楼《しょうろう》門のありて見惚れる」もまたそうだ。

瑞泉寺《ずいせんじ》では「白き苔生す老梅《ろうばい》が並び立ち白き紅きが咲き初めにけり」との季節を感じさせる色彩りの一首が目立つ。

同じく足利一族の建立にかかわる名刹報国寺《めいさつほうこくじ》では「天崖《てんがい》のやぐらの中のうら寂し小さきが三つ足利の墓」、そこには叙景のなかに足利一門の盛衰が詠み込まれている。

つまみ食い的に紹介するだけでも詠者の律動が伝わる。

いずれにしても本書の真骨頂は煎ずるところ、冗長な説明・解説を排し、歴史の古層にストレートに向き合う姿勢である。一首ごとに賢《さか》しらな説明をほどこさない無骨《ぶこつ》さといってもよい。武都鎌倉に似つかわしい素朴な歌が少なくない。その限りでは、懸詞《かけことば》なり縁語《えんご》を多用する〝これでもか〟主義から自由であることだ。

そうした思いつくままの感想を述べてきたが、改めて鎌倉の有した歴史性について本書は気づかせてくれる。

鎌倉が武家の古都たることは論を俟《ま》たないにせよ、時空を超えた記憶の紡ぎ方の格好の場であることも教えてくれる。本書にはその意味で、鎌倉再発見の材料が提供されている。武家の都は「鎌倉時代」で終わったわけではない。「鎌倉の時代」は続いてゆく。足利体制下の鎌倉府一〇〇年有余に及ぶ時期も含めながら、二五〇年余を超える時期を覇府《はふ》として存在し続けた。

その鎌倉的秩序の解体で、東国は戦国時代へと突入する。応仁の乱に先立つ十数年前の享徳《きょうとく》の乱（一四五四年）は、武都鎌倉の終焉《しゅうえん》に向けての大きな画期だった。これによって鎌倉的秩序が解体されていった。

鎌倉は東国の政治的磁場として中世の歴史に彩《いろど》りを副えた。西高東低の権力配置の古代律令国家とは異なる形で東国に武家が権力を構築した。これにより、東国は西国と同等の立ち位置が与えられた。鎌倉はその中世を牽引した。中世の地域的主張は鎌倉に宿されたわけで、本書にはそのことの想いが伝わってくる。

淡然として、敗者たちの声にも耳を傾ける姿勢は一貫している。例えば鎌倉宮の場もそうだ。『太平記』が無念を以て語った護良《もりよし》親王については、明治の末年に文部省・唱歌『鎌倉』でも「尽きせぬ親王《みこ》の御怨《みうら》み」と伝えている。気の毒すぎるその最期について、氏は「武家よりも父を恨みて生き来《きた》り無念なりけむ斬首せられき」と詠じた。

あるいは「閉ざしたる御廟《ごびょう》は柵に囲まれてみ魂《たま》もひとり湿りてあらむ」と哀惜を込め詠じた。

鎌倉に定点観測の場を据えることで、武人・貴族・僧侶等の史跡の声なき声に耳を傾ける。伝説・伝承にいたるまで、本書は広汎な知的刺激を提供してくれる。

そこには氏が主唱してやまない史学と文学の架橋を目ざされている。臨場感に満ちた数々の歌には、歴史との向き合い方を教えてくれるものも少なくない。こんな風に書けば、高邁な文芸評論風味の語りに思えるかもしれないが、そうではない。本書に収められた三七〇首は、必ずしも難解なものはない。思わず微笑み、破顔してしまうものも含まれる。ひょっとすれば自分もチャレンジできるのでは。と、意欲をかき立てられる歌も少なくない。本書の敷居は決して高くはない。原液を程よく〝水割り〟風味にした一書ともいえる。ありそうで無かった、『古都鎌倉』とはそんな作品だ。

鎌倉の主要な旧跡や名所がほぼ網羅されており、鎌倉観光の案内書として大いに役立ちそうだ。読者のなかには本書を手に現地を訪れ、詠ぜられている歌々に就いて、異なる感じ方をすることもあるはずだ。氏にとってはそれもまた諒とするところだろう。和歌を介して、多生の縁が生まれるならば励みとなり喜びとなるにちがいない。

そんな懐の深さと広さも感じられる。会社人間として競争社会に身を置いた平塚氏にとって、本書は歴史や文学を友とする同好の方々の道標《みちしるべ》となるのではないか。また晩節を迎えたご自身にとっても、収穫の一書となることを期待したい。

関　幸彦（せき　ゆきひこ）
1952年生まれ。1985年、学習院大学大学院人文科学研究科史学専攻後期博士課程満期退学。現在、日本大学文理学部教授。
主な著書に『承久の乱と後鳥羽院』『武士の誕生』『その後の鎌倉―抗心の記憶―』『敗者たちの中世争乱―年号から読み解く―』のほか、近刊に『百人一首の歴史学』『刀伊の入寇―平安時代、最大の対外危機』がある。

あとがき

第一歌集『八國山』を上梓してから六年が過ぎた。私は八十四歳になった。今日ここに、第二歌集『古都鎌倉』を上梓できて大変嬉しい。

『古都鎌倉』は歴史を主題に鎌倉を詠んだ歌集である。最初に、鎌倉を題材として取り上げたいきさつについて述べておこう。

私の故郷、所沢市大字久米に『武蔵国入東郡久米郷旧蹟誌』という郷土誌がある。慶長16（1611）年に以前からあった「久米記」「久米正記」「村鑑」を基に編纂したものである。これによると上野国吾妻郷に住した吾妻氏が、文暦1（1234）年に久米に移り来て吾妻庄を唱えたとある。時は鎌倉時代、三代執権北条泰時の世である。泰時は武蔵守であったから、吾妻氏は泰時の命で上野国から国替えとなったのだろう。

『吾妻鏡』によると吾妻氏は実朝に仕えた弓の名手であった。承久の乱（承久3年、

1221）では幕府軍の大将だった泰時に従軍し戦功があったのではないか。

上野国吾妻郷の歴史を調べてみると、吾妻氏（前吾妻氏のこと）の消息は不明で、承久の乱で亡くなったとも、承久の乱から岩櫃山の館に戻ったあと妖怪に殺されたとも、伝えられており突然姿を消したようだ。『武蔵国入東郡久米郷旧蹟誌』によると、丁度その頃久米郷に移って来たことになるのだが……。

わが家の前は律令時代には官道の東山道武蔵路が通っていた。鎌倉時代になると鎌倉街道が通っていた。私の故郷久米は古い歴史を秘めた土地であり、私は自然に郷土の歴史に関心をもつようになった。

退職後郷土史を研究しているうちに、鎌倉を知らずしてわが故郷の歴史は理解できないことを知った。そして70歳の時『吾妻鏡』を勉強しようと早稲田大学オープンカレッジに通い関幸彦先生（日大教授日本中世史）の『吾妻鏡』の講座を受講した。講座は途中新井孝重先生（獨協大教授日本中世史）に引き継がれたが、『吾妻鏡』を受講してすでに十数年になる。関幸彦先生には鎌倉を何回もご案内いただいた。そして鎌倉を知れば知るほどその魅力に取り付かれるようになった。

鎌倉は頼朝が開いたわが国最初の武士の都である。鎌倉時代は鎌倉幕府が置かれ150年間続いたが、ついに滅亡した。南北朝、室町時代になっても、鎌倉には室町幕府の出先機関として鎌倉府が置かれ、約120年間鎌倉公方が配置された。鎌倉は都合約270年間にわたり武士の都として栄えたのである。

鎌倉には沢山の歴史の遺産が今も息づいている。社寺、仏像、梵鐘、墓石ほか。日本の古代、中世の歴史は社寺に集約されると言っていい。

そして鎌倉は宗教、文化、芸術の町である。四方は山と海に囲まれ、緑豊かな山、谷《やつ》。町の中央を流れる滑川。谷に点在する神社、仏閣、文学館、美術館。緑に囲まれた住宅街、そして個性豊かな小町通りの商店街。鎌倉の魅力は至る所に人の心を癒す雰囲気が漂っていることである。

私は鎌倉の歴史を学び訪れているうちに鎌倉を歌に詠んで残したいと思うようになった。果して鎌倉の歴史を五七五七七の詩型で詠めるだろうか。躊躇したが、何事もチャレンジだと考え短歌のリズムで鎌倉を歌い尽くしてみようと決心した。

この歌集は私が6年間にわたり巡った鎌倉の代表的な37社寺他を詠んだものである。

1社寺10首、計370首を収めた。拙歌だがご笑覧いただければありがたい。

この度の『古都鎌倉』の上梓に当っては、関幸彦先生に大変お世話になり、格別の跋文を頂戴した。誠に光栄であり感謝申し上げたい。

また新井孝重先生には中世の歴史を幅広くご教示いただいた。10年間『吾妻鏡』を一緒に学んだ河野次昭氏には沢山の資料とアドバイスをいただいた。ともに感謝申し上げたい。

この歌集に収めた歌は、私の所属するりとむ短歌会の「りとむ」誌に、6年間にわたり連載して来た歌に手を加え、編集したものである。三枝昻之、今野寿美両先生には、この間高所から適切なご指導をいただいた。心から感謝申し上げたい。

そしてこの度の歌集出版に当っては角川『短歌』編集長の矢野敦志氏、担当の吉田光宏氏、装幀の南一夫氏に大変お世話になった。心から御礼を申し述べたい。

鎌倉には年間2千万人を上回る人々が訪れる。その数は東日本随一。魅力ある町である。ここ2年間はコロナ禍の中著しく減少したが、コロナが収束すればまた復活するであろう。加えて来年には、鎌倉が舞台のNHK大河ドラマ『鎌倉殿の13人』が始まる。訪れる人はさらに増えるだろう。期待したい。
そしてこの歌集が鎌倉を訪れる人々のお役に少しでも立つことが出来れば幸甚である。

わが歌に生産性とふものありや五七五七七生みし人あり

令和3年　秋

平塚宗臣

著者略歴

平塚宗臣（ひらつか そうじん）

昭和12年　埼玉県入間郡吾妻村久米に生まる（現、所沢市久米）

昭和34年　慶應義塾大学経済学部卒業

元、あさひ銀行副頭取（現、りそなホールディングス）

現在　歌人　りとむ短歌会所属

日本歌人クラブ会員

埼玉県歌人会会員

平成27年 鶴岡八幡宮献詠披講式にて宮司賞受賞

平成27年 第一歌集『八國山』角川書店出版

平成28年 宮中歌会始に陪聴人として招かる

郷土史家

所沢郷土美術館 館長

平成19年 埼玉県文化ともしび賞受賞

現住所　〒359-1131　埼玉県所沢市大字久米1447-1

古都《こと》鎌倉《かまくら》

短歌《たんか》を携《たずさ》えて巡《めぐ》る鎌倉《かまくら》の神社《じんじゃ》・仏閣《ぶつかく》

りとむコレクション123篇

2021（令和3）年10月15日　初版発行

著　者　平塚宗臣
発行者　宍戸健司
発　行　公益財団法人 角川文化振興財団
〒359-0023 埼玉県所沢市東所沢和田3-31-3
ところざわサクラタウン 角川武蔵野ミュージアム
電話 04-2003-8717
https://www.kadokawa-zaidan.or.jp/
発　売　株式会社 KADOKAWA
〒102-8177 東京都千代田区富士見2-13-3
電話 0570-002-301（ナビダイヤル）
https://www.kadokawa.co.jp/
印刷製本　中央精版印刷株式会社

©Soujin Hiratsuka 2021 Printed in Japan ISBN978-4-04-884444-4 C0092